Emil Ulrici

Die Ansiedlungen der Normanen in Island, Grönland und Nord-Amerika

Antigonos

Emil Ulrici

Die Ansiedlungen der Normanen in Island, Grönland und Nord-Amerika

Unveränderter Nachdruck der Originalausgabe von 1879.

1. Auflage 2024 | ISBN: 978-3-38696-091-5

Antigonos Verlag ist ein Imprint der Outlook Verlagsgesellschaft mbH.

Verlag: Outlook Verlag GmbH, Zeilweg 44, 60439 Frankfurt, Deutschland, info@outlook-verlag.de
Vertretungsberechtigt: E. Roepke, Zeilweg 44, 60439 Frankfurt, Deutschland
Druck: Libri Plureos GmbH, Friedensallee 273, 22763 Hamburg, Deutschland

Die Ansiedlungen der Normanen

— in —

Island, Grönland u. Nord-Amerika

im 9., 10. und 11. Jahrhundert.

Ein Vortrag von Emil Ulrici.

———o———

Meine Herren!

Wenn Sie irgend ein Kind welches die Schule besucht fragen: wer hat Amerika entdeckt, so wird es Ihnen antworten: Christoph Columbus und wird sogar noch die Jahreszahl 1492 hinzufügen Dennoch war Columbus keineswegs der erste Entdecker Amerikas, wie fast ein Jeder weiß; —es giebt eben Thatsachen, die zwar fast allgemein bekannt sind, die aber so selten Erwähnung finden, daß sie dem Gedächtniß leicht vollständig entschwinden. Dahin gehört auch die Entdeckung Amerikas durch die Normannen fast ein halbes Jahrtausend vor der Zeit des Columbus. Wenn ich mir deshalb heute erlaube, jene früheren Entdeckungen in Ihr Gedächtniß zurückzurufen, so kann es natürlich nicht in meiner Absicht liegen, anerkannte Verdienste zu schmälern. Was jener große Genuese geleistet, bleibt ihm unbenommen, umsomehr, da ja erst durch seine Entdeckung Amerika der Civilisation erschlossen ist. Allein unsere Anerkennung dürfen wir jenen harten unverzagten Männern nicht versagen, die vor nahezu 1000 Jahren ohne Compaß und die neueren Hülfsmittel, welche der Schifffahrt gegenwärtig zu Gebote stehen, sich viele hunderte von Meilen auf das offene Meer hinauswagten und ihren Zeitgenossen neue bis dahin unbekannte Gebiete erschlossen.—

Die früheste Entdeckung Amerikas ging von Norwegen aus, allein nicht direkt, sondern Schritt für Schritt gingen jene alten Seehelden — oder zum Theil wohl auch Seeräuber — westlich und entdeckten so zuerst die Faröer, dann Island, später Grönland und endlich das amerikanische Festland. — Lassen Sie uns deshalb den westlichen Zügen der alten Normannen schrittweise folgen und wir werden es dann ganz natürlich finden, daß jene alten Wickinger schon um das Jahr 1000 unserer Zeitrechnung das Land entdeckten, welches fast 500 Jahre später Columbus wieder auffand und welches inzwischen vollständig vergessen war.—Zur heutigen Zeit wäre dies freilich nicht möglich, allein vor 1000 Jahren war die Buchdruckerkunst noch nicht erfunden, der Verkehr der Völker unter einander war sehr beschränkt und besondere Ereignisse erfuhr man selbst in dem Lande, in dem sie stattgefunden oft erst nach Jahren.—

Es war im Jahre 861 als Naddod, ein berühmter Wiking, aus Norwegen, der die kürzlich von Grim Gamle aufgefundenen Faröer Inseln aufsuchen wollte, durch Stürme nach Island verschlagen wurde. Er nannte das Land, welches zum großen Theil mit Schnee bedeckt war, Snjoland (Schneeland) und kehrte in seine Heimath zurück; 3 Jahre später, im Jahre 864 ging es einem Schweden Namens Gardur ähnlich; auch er wurde nach Island verschlagen, ohne das Land näher zu betrachten. Im Jahre 867 endlich suchte Floke aus Norwegen die Insel, von der er gehört hatte, auf, verließ sie jedoch wieder und erst im Jahre 874 ließ sich Ingolf, der in Norwegen einen Mord begangen und deshalb fliehen mußte dauernd auf der Insel nieder; im Vorbeifahren hatte er die Insel schon 870 gesehen; in seiner Begleitung befand sich sein Schwager Leif. — In Norwegen war inzwischen im Jahre 863 Harald mit dem Zunamen Harfagar (Schönhaar) der Sohn Halfdan des Schwarzen, zur Herrschaft gelangt; er unterjochte die kleineren Herrscher und warf sich zum alleinigen Könige von Norwegen auf; die von ihm unterworfenen Fürsten nicht an Dienstbarkeit gewöhnt, so wie deren Anhang, verließen in Folge dessen der Mehrzahl nach Norwegen und siedelten zum großen Theil nach Island über, ja die Auswanderung nach der neuentdeckten Insel nahm so zu, daß Harald bangte, Norwegen werde entvölkert, er verbot die Auswanderung gänzlich und legte jedem Islandfahrer eine Buße von 5 Oeren ($5.00) auf; übrigens zogen damals nicht nur Norweger, sondern auch Dänen, Schweden, Irländer und Bewohner der Hebriden nach Island und etwa 50 Jahre später, im Jahre 930 war fast die ganze Insel angesiedelt und bebaut, besonders die West- und Nordküste.—Da jene Auswanderer nicht zu den mittellosen Flüchtlingen gehörten, sondern meistentheils angesehene, begüterte, gleichberechtigte Männer waren, die mit allen ihren Gütern und Familiengliedern übersiedelten, so bildete sich in Island im Laufe der Zeit eine außerordentlich freisinnige Verfassung aus; Anfangs nahm ein Jeder so viel Land in freien Besitz, wie er nöthig zu haben glaubte, und lebte dort frei und unabhängig unter Freien. Ausgenommen hiervon waren natürlich, wie es damals selbstverständlich, die mit hinübergebrachten Knechte, denen man jedoch später ebenfalls volle Freiheit bewilligte.—

Die Normänner waren zu jener Zeit noch Heiden, und sie fanden (wie es heißt) in Island bei ihrer Ankunft bereits eine, wenn auch sehr spärliche Bevölkerung vor. Diese frühesten Ansiedler sagten aus, sie seien von Westen herübergekommen, sie sprachen die irländische Sprache und waren Christen.—Als die Zahl der Normannen überhand nahm, verließen jene das Land und kehrten in ihre frühere westliche Heimath, muthmaßlich nach Amerika zurück. — Auf diese frühesten

Bewohner Islands werde ich später noch zurückkommen.—

Die Bekehrungsversuche christlicher Missionäre blieben in Island lange vergeblich und erst im Jahre 1000 gelang es Thorgeier das Christenthum einzuführen; daß übrigens dies sogenannte Christenthum etwas rein äußerliches war und auf die Sitten und Gebräuche nicht den mindesten Einfluß hatte, ging schon aus den 5 Punkten hervor, über die man sich schließlich einigte. Es waren folgende:

1. Alle Einwohner werden getauft.
2. Die Götterbilder und Tempel werden zerstört.
3. Wer öffentlich den Göttern opfert und ihre Bilder anbetet, wird des Landes verwiesen.
4. Dies im Geheimen zu thun ist jedoch gestattet.
5. Die alten Gesetze betreffs Aussetzen der Kinder, Essen von Pferdefleisch ꝛc. überhaupt Alles, wodurch das nominelle Christenthum nicht geradezu umgestoßen wurde, blieb in voller Kraft.

Im Jahre 1056 bekam Island in Isleif den ersten Bischof, sein Nachfolger wurde 1096 sein Sohn Gizor (beide waren natürlich nach damaliger Sitte verheirathet) und bereits 1104 wurde ein zweiter Bischofssitz für Nord-Island gegründet.— Ehe wir von Island weiter westlich wandern, will ich noch bemerken, daß im Jahre 1118 das älteste und umfassendste Gesetzbuch des skandinavischen Alterthums, die sogenannte Graugans verfaßt und angenommen wurde. — Die Blüthezeit isländischer Cultur und Literatur fällt in das 12. und 13. Jahrhundert; zu dieser Zeit entstanden wahrscheinlich die ältere und jüngere Edda und die Heimstringla (Weltkreis), norwegische Königssagen.—Die ältere Edda hat wohl Sämund Sigfuson († 1133) zum Verfasser, während die jüngere Edda und Heimskringla dem Vater der skandinavischen Geschichte Snorre Sturlason (geboren 1179 † 1241) zugeschrieben werden. (Im Jahre 1262 endlich unterwarf sich Island, durch innere Unruhen erschüttert und zerrüttet, dem Könige Hakon VI.) Hakonson von Norwegen.—

Während wir bisher den verbürgten Pfaden der Geschichte gefolgt sind und auch fernerhin uns nur an verbürgte Thatsachen halten wollen, möchte ich Sie bitten, mir einen Augenblick auf das Gebiet der

Sage zu folgen; sie ist ja eine Stiefschwe=
ster und stete Begleiterin der frühesten
Geschichte. — Ich habe bereits erwähnt,
daß zur Zeit, als die Normänner von
Island Besitz nahmen, sich dort, wie es
scheint, bereits weiße christliche Bewohner
vorfanden, die von jenen Westmänner
genannt wurden, weil sie von Westen aus
über den Ocean gekommen waren (Kom=
nir lit vestan un haf—wie es in den alten
Membranen heißt). Sie sprachen irlän=
disch, oder wenigstens ein der irländischen
Sprache sehr nahe stehendes Idiom und
wir sind deshalb genöthigt die dunkeln
und mangelhaften Spuren zu verfolgen,
welche in allerfrühesten Zeiten die Be=
wohner Irlands der Sage nach über das
Meer nach Westen führten.—

Im Jahre 432 predigte der Britte
Succath als Bischof Patricius das Chri=
stenthum in Irland und es entstanden
daselbst eine Menge Klöster, deren Be=
wohner, von der dem Irländer noch heut
innewohnenden Reiselust durchdrungen
wurden; im Eifer das Christenthum zu
predigen, fuhren viele derselben nicht nur
hinüber nach Frankreich wie Fridolin
† 514 und Columbian † 597, im 7. Jahr=
hundert Gallus † 640, sondern sie wand=
ten sich auch nördlich und westlich, bevöl=
kerten die Faröer und andere Inseln. —
Der heilige Brendanus soll der erste ge=
wesen sein, welcher eine größere Entdeck=
ungsreise nach Westen gemacht, Amerika
erreicht und von 562—572 dort geblieben
sein soll.—Es wird in den alten Mem=
branen von einem Großirland (Irland
hit mikla) auch Weißmännerland (Hvit=
ramannaland) gesprochen, das der Be=
schreibung nach etwa da gelegen haben
muß, wo sich jetzt die Staaten Virginien,
Nord= und Südcarolina befinden; auch
erzählten die im Jahre 1010 von Karlsef=
ne bei seiner Reise nach Vinland gefan=
genen beiden Knaben der Skraelinger,
(Eskimos) ihrem Lande gegenüber, also
südlich, gegenüber der jetzigen Cheasepeake=
bai, befände sich ein Land, in welchem
hellfarbige Menschen wohnten, die weiße
Kleider anhätten, Stangen mit Tüchern
vor sich herträgen und mit lauter Stim=
me schrien. Es scheint dies auf katholische
Processionen zu deuten; auch die Scha=
wanesen, ein Indianerstamm, der früher
Florida bewohnte, haben eine Sage,
daß lange vor ihrer Zeit, ihre früheren
Wohnsitze von Weißen bewohnt gewe=

sen seien, von denen hier und da
noch Spuren vorhanden, ja es zeigten
sich sogar zur Zeit, als die Spanier lan=
deten, noch schwache Spuren von Chri=
stenthum.—Von hier also, von Hvitra=
mannaland, kamen vielleicht die frühesten
Bewohner Islands, die nach Ankunft
der Normannen, in ihre westliche Hei=
math zurückkehrten; daß sie Christen,
zum Theil Geistliche und irländischen
Ursprunges waren, schloßen die Nor=
mannen aus irländischen Schriften,
Meßglocken und Krummstäben, die sie
auf Island zurückgelassen hatten. —Daß
die Irländer sowohl wie die Norman=
nen, schon in frühester Zeit auf ihren
primitiven Fahrzeugen weite Seereisen
unternahmen, ist ja allbekannt; wir finden
letztere schon im 5. Jahrhundert im Be=
sitz der Inseln an der Mündung der
Loire; 845 fuhren sie mit 120 Boten
die Seine hinauf und brandschatzten
Paris. Wenig später finden wir sie
sogar in Spanien und Italien, und
es hat deshalb durchaus nichts Un=
wahrscheinliches, daß diese kühnen wet=
tergehärteten Piraten sich schon vor mehr
wie 1000 Jahren westlich wandten und
das amerikanische Festland erreichten,
umsomehr, da das westliche Vorgebirge
von Irland nur etwa 540 Seemeilen also
ca. 2000 englische Meilen von der süd=
westlichen Spitze Neu Fundlands entfernt
liegt, eine Entfernung, welche die Nor=
mannen bei günstigem Winde in 16—20
Tagen zurücklegen konnten. — Allein,
wenn es hiernach auch möglich, ja wahr=
scheinlich erscheint, daß Amerika bereits
im 6. oder 7. Jahrhundert von Europä=
ern besucht wurde, so haben wir doch
darüber keine positive Gewißheit. Anders
dagegen verhält es sich mit jenen Reisen,
welche um das Jahr 1000 und kurze Zeit
nachher nach Amerika unternommen
wurden. Ueber diese sind wir, wie Sie so=
gleich sehen werden, fast vollständig un=
terrichtet, ja es ist der Forschung sogar
gelungen, mit ziemlicher Genauigkeit die
Punkte zu bezeichnen, wo die Reisenden
vor mehr wie 800 Jahren landeten und
ihre Niederlassungen gründeten.—

Wenden wir uns nach dieser Abschwei=
fung zurück nach Island, als der ersten
Station zwischen Europa und dem Fest=
lande von Amerika.

Daß die seekundigen Bewohner Is=
lands, ihre alten Gewohnheiten das Meer

zu durchforschen, nach ihrer Uebersiedlung auf die Insel nicht aufgegeben haben, ist wohl selbstverständlich. Es erscheint deshalb ganz natürlich, daß sie sehr bald nach ihrer Niederlassung die gegenüberliegende Küste von Grönland, welche sie mit ihren Schiffen in etwa 3 Tagen (85 Seemeilen) erreichen konnten, zu erforschen suchten. Und in der That wurde Grönland schon im Jahre 976 von Gunbjörn gesehen,—wirklich betreten wurde es im Frühjahre des Jahres 986 von Erik dem Rothen, der über 2 Jahre an der Westküste zubrachte und seine Wohnung während der ersten Zeit in Brattalid im Eriksfjord, nahe dem jetzigen Cap Farewell, während des letzten Winters auf einer der Inseln vor der Mündung des Eriksfjord aufschlug. Während des Sommers umschiffte er Cap Farewell, so wie einen Theil der Westküste und kehrte 988 nach Island zurück. Im folgenden Jahre lief er abermals und diesmal mit 25 Fahrzeugen von Island aus, von denen 14 Grönland erreichten und die ersten wirklichen Ansiedler dorthin brachten, denen bald andere folgten. —Schon im Jahre 1000 zählte man in Grönland 190 Höfe (Wohnsitze) und mehrere Klöster, die in 2 Bezirke zerfielen, den Westbau und den Ostbau.—Letzterer stieß bei Cap Herjuflsnaes (jetzt Ikigeit unter dem 60. Grad n. B.) mit dem Westbau zusammen, lag übrigens nicht, wie man früher wohl annahm an der Ostküste, sondern umfaßte den südlichsten Theil von Grönland und einen in der Mitte des Landes, von Süden nach Norden zu gelegenen Streifen.—Wenig später wurde bereits in Garbar in der Gegend des jetzigen Frederikshaab ein Bischofssitz errichtet und so wie Island 1262 wurde Grönland im Jahre 1264 in politischer Beziehung mit Norwegen vereinigt. — Im Jahre 1379 finden wir des Bischofs Alf von Grönland erwähnt. Er war der letzte grönländische Bischof, welcher im Grönland selbst residirte; wenngleich bis in das 16. Jahrhundert Bischöfe ernannt wurden, die jedoch nie dorthin gelangten. Der zuletzt ernannte Bischof von Grönland war Vinzens; er starb 1540 in Maribo auf der dänischen Insel Laaland.—Zur Zeit des Bischofs Alf waren im Westbau 4 Kirchen und 110 Höfe, im Ostbau eine Kathedrale, in Garbar 11 andere Kirchen, 3 oder 4 Klöster und 190 Höfe;

man schlägt danach die Zahl der Bewohner auf mindestens 6000 an. — Im Jahre 1379 machten die Eskimos von den Normannen Skrälinger genannt, Einfälle in das Land, tödteten einen Theil der Bewohner und zerstörten viel Eigenthum; 1408 endlich wollte Andres, der 17. Bischof der grönländischen Kirche von seinem Stuhle Besitz nehmen, konnte Grönland aber nicht mehr erreichen, weil das Land rings von Eisfeldern besetzt war. Wenige Jahre vorher geschieht Gränlands auch Erwähnung in einem vom Bischof Alf (dem 16. Bischof) ausgestellten Dokument.— Im Jahre 1418 wurde Grönland durch eine feindliche Flotte heimgesucht und die Bewohner größtentheils getödtet; man war lange der Meinung, daß jener Angriff von Eskimos herrührte, bis es sich später herausstellte, daß jene Flotte eine englische gewesen. — Reste der grönländischen Colonie waren wohl noch bis um die Mitte des 15. Jahrhunderts vorhanden; das letzte geschichtlich wichtige Dokument, in welchem Grönlands Erwähnung geschieht, ist ein Brief von Pabst Nicolaus V. vom Jahre 1448, in welchem derselbe unter Anderem sagt: Es ist beklagenswerth, daß die Bewohner der Insel Grönland, die an der äußersten Grenze des großen Oceans im Norden des Königreichs Norwegen liegen soll, und die mir viele Jahrhunderte christliche Treue bewahrt, vor 30 Jahren von heidnischen Ausländern räuberisch überfallen, theils getödtet, theils fortgeschleppt wurden :c. Er befiehlt dann den nächstgelegenen Bischöfen, einen geeigneten Mann als Bischof dorthin zu senden und fügt bei, daß der berühmte Lehrer, der Grönländer König Olai das Christenthum unter ihnen errichtet. — Im Jahre 1484 soll es in Bergen noch viele Leute gegeben haben, die mit der Fahrt nach Grönland vertraut waren; dann schwand das Andenken an dies einst bekannte und viel besuchte Land, welches man erst zu Ende des 16. Jahrhunderts wieder zu finden versuchte, bis endlich im Jahre 1721 Egede dort aufs Neue mit 50 Personen in der Nähe des Fjord Godthaab unter dem 64. Grad n. B. landete.—

Die Hauptschuld, daß die Colonie zu Grunde ging, trug ohne Zweifel die norwegische Regierung. Sie erklärte den Handel mit Grönland für ein königliches

Regal, schloß dadurch Privatunterneh=
mungen dorthin vollständig aus und
begnügte sich im Anfang alle Jahre 2,—
später 1 Schiff dorthinzusenden, um die
Producte der Colonie gegen nothwendige
Lebensbedürfnisse einzutauschen. Dadurch
wurde der Handel vollständig gelähmt,
war selbst für die Krone nicht mehr ein=
träglich und es vergingen oft 3 Jahre bis
ein Schiff nach Grönland gesandt wurde.
So litten die Bewohner oft den allerbit=
tersten Mangel und während der man=
nigfachen Wirren in Norwegen unter=
blieb die Schifffahrt ganz, die Colonie
ging zu Grunde und selbst das Andenken
an sie verschwand aus dem Gedächtniß
späterer Generationen. — Erst Christian
III. hob das Verbot der Fahrt nach
Grönland auf.—

Die früheren Bewohner Grönlands,
alte Seefahrer — beschränkten sich nicht
darauf ruhig im Lande zu leben, sondern
versuchten, nach allen Seiten hin Entde=
ckungen zu machen, besonders auf der
Westseite in der jetzigen Davisstraße da=
mals Giunnugagap genannt, bis hinauf
in die Baffinsbay. Es geht dies aus
vielen Ruinen und anderen Zeichen her=
vor, die zum Theil erst in neuerer Zeit
bei den Nordpolfahrten entdeckt wurden;
der nördlichste Punkt, den sie erreicht ha=
ben, scheint der 73. Grad n. B. zu sein;
man fand im Jahre 1824 unter 72 Grad
55' n. B.und 56 Grad 05' w. L. von Gr.
auf dem höchsten Punkte der Insel King
Storsoak, einer der Womansinseln der
Baffinsbay (4 Meilen nordwestlich von
der nördlichsten der heutigen dänischen
Niederlassungen) nahe der Reste dreier
Grenzsäulen, — einen äußerst merkwür=
digenRunstein, dessen schwarzgrüne Ober=
fläche vermittels eines anderen Steines
und Sand polirt zu sein scheint. — Die
Inschrift lautet nach Finn Magnusen's
und Rafn's Uebersetzung: Erling Sigh=
vats Sohn—Bjarne Thords Sohn und
Einride Odds Sohn errichteten an dem
Samstage vor dem Siegestage diese Säu=
len und reinigten diesen Ort im Jahre
1135.—Der Siegestag oder das Sieges=
opfer war eines der Hauptfeste der alten
Skandinavier, das sie am 21. April feier=
ten.—

Nachdem wir gesehen, wie von Europa
aus zuerst Island im Jahre 867, von da
aus Grönland im Jahre 982 besiedelt
worden, lassen Sie uns jetzt den Schif=
fen folgen, welche von Grönland aus
südwestlich steuernd, zuerst das Festland
von Amerika entdeckten.

Bjarne Herjulfson war der erste, wel=
cher von Island nach Grönland segelnd
von nordöstlichen Winden verschlagen im
Jahre 986 (996?) zuerst das amerikani=
sche Festland sah, allein er landete nicht,
sondern suchte seinen Weg nach Grönland
zurück, wo man ihm Vorwürfe machte,
daß er das neue Land nicht näher er=
forscht. Es wurde längere Zeit von dieser
Entdeckung gesprochen, bis endlich im
Jahre 1000 Leif der Sohn Eriks des Ro=
then, des ersten Ansiedlers von Grönland
BjarnesSchiff kaufte und mit35Männern
unter denen ein Deutscher Namens Pyr=
ker, in See ging und südwestlich steuernd
zuerst an eine niedrige steinige Küste ge=
langte, über welche hinaus in mäßiger
Entfernung Gletscher und schneegekrönte
Berge sich erhoben; hier landete er zwar,
allein das Land war so wenig einladend,
daß er es verließ und es Helluland
(Steinland) nannte.—Nachdem er wieder
in das offene Meer hinausgefahren, kam
er südlich segelnd, an eine mit dichten
Wäldern bedeckte Küste, deren breiter mit
weißem Sand bedeckter Strand sanft ge=
gen das Meer hin abfiel; wegen der
Wälder nannte er es Markland
(Waldland). — Auch hier landeten die
Seefahrer, erquickten sich an süßen Bee=
ren, die dort reichlich wuchsen, lichteten
jedoch bald wieder die Anker und gingen
in die offeneSee. Nachdem sie zweiTage mit
Nordostwind gefahren, gelangten sie an
eine Insel, die östlich vor dem festen
Lande lag. Zwischen dieser Insel und ei=
nem Vorgebirge, das sich östlich und nörd=
lich von dem Lande aus erstreckte, segel=
ten sie in einen Sund und warfen Anker
an einem Platz, wo ein Fluß, nachdem er
durch einen See gegangen sich in das
Meer ergoß. Nach dieser Wahrnehmung
lichteten sie aufs Neue, führten ihre
Schiffe den Fluß hinauf und ankerten in
dem See; das Land war meist mit Wal=
dung bedeckt und bot Ueberfluß an schö=
nem kleinen Obst. Hier beschlossen sie zu
überwintern, bauten sich geräumige Woh=
nungen, die später den Namen Leifsbudir
(Leifs Häuser) erhielten und erforschten
das Land nach allen Richtungen; dabei
entdeckte derDeutsche PyrkerWeintrauben,
die nur er kannte, weil sie auch in seiner
alten Heimath wuchsen, und Leif nannte

in Folge dessen das Land **Vinland** (Weinland).—Nach Leifs Berichten ging hier die Sonne am kürzesten Tage um ½8 Uhr auf und um ½5 Uhr unter. — Im nächsten Frühjahr (1001) segelten sie mit Bauholz und getrockneten Weintrauben beladen nach Grönland zurück. - - Im Jahre 1002 segelte Erichs zweiter Sohn Thorwald mit 30 Gefährten nach Vinland. In den folgenden Jahren erforschte er die nächstliegenden Küsten, fand viel sandige Eilande, aber auch dichtbewaldetes Hochland; 1005 endlich traf er mit seinen Gefährten auf kleine dunkelfarbige Leute, die sie Skrälinger nannten (von skräl klein) und die ohne Zweifel Eskimos waren. Er tödtete dieselben, wurde jedoch später mit seinen Gefährten von großen Mengen angegriffen, wobei er eine tödtliche Wunde erhielt und wurde, wie er es gewünscht, auf einem Vorgebirge in der Nähe (später Krossaner genannt) begraben; die Gefährten kehrten 1005 nach Grönland zurück.—

Es kann nicht in meiner Absicht liegen, Sie mit der Erzählung der zahlreichen, zum Theil auf das Genaueste beschriebenen Fahrten der Grönländer nach Amerika zu ermüden. In aller Kürze will ich nur noch bemerken, daß auch Erich's dritter Sohn Thorstein mit Frau und 25 Gefährten im Jahre 1007 und eine große Menge Anderer im Laufe des 11. Jahrhunderts nach Amerika fuhren und sich längere oder kürzere Zeit dort aufhielten. Im 12. Jahrhundert unter der Regierung Heinrich *II.* von England soll Fürst Madoc von Wales mit 10 Schiffen und einer Schaar von Männern, Weibern und Kindern nach Amerika gegangen sein. Man hat im Mutterlande nie wieder von ihm und seinen Gefährten gehört, doch wird versichert, daß früher Indianer von hellerer Hautfarbe getroffen wurden, in deren Sprache Wälsche Worte vorkamen und noch heut ist der Indianerstamm der Mandaus (zu den Dakotas gerechnet) die früher an der Ostküste Amerikas wohnten, in vieler Beziehung von den übrigen Indianern verschieden. Sie sind von ziemlich heller Hautfarbe und man trifft häufig, besonders unter den Frauen, solche mit blondem Haar und blauen Augen.— Die letzte, Amerika betreffende Nachricht ist vom Jahre 1347; 17 Männer segelten von Grönland nach Markland (Neu Braunschweig) um Bauholz zu holen.

Auf der Reise wurde das Schiff verschlagen und kam mit Verlust seiner Anker nach Stramfjord im westlichen Island; die Reise wurde von einem Zeitgenossen 9 Jahre nach der Begebenheit beschrieben und es heißt ausdrücklich, das Schiff sei nach Markland gesegelt. Es bestand also in der Mitte des 14. Jahrhunderts noch eine Verbindung zwischen Island, Grönland und dem amerikanischen Festlande.—Lassen Sie mich hier noch eines sonderbaren Zufalles erwähnen, der bekannte, noch jetzt lebende Geschlechter in engste Verbindung mit Amerika bringt.— Im Herbste des Jahres 1007 wurde dem bereits erwähnten Thorfin Carlsefne und seiner Frau Gudrid in Vinland ein Sohn geboren, der den Namen Snorre erhielt. Von ihm stammen durch seine Tochter Hallfried nachweislich in direkter Linie ab — der 1844 verstorbene berühmte Bildhauer Thorwaldson; der durch seine Forschungen auf dem Gebiete der Archäologie ausgezeichnete 1847 gestorbene Gelehrte Finn Magnusen; beide geborene Isländer und die dänischen Grafen und Barone von Hof Rosenkrone;—der früheste Urahn der Genannten war also ein geborener Amerikaner.

Nachdem wir von den Thatsachen selbst Kenntniß genommen haben, lassen Sie uns nun mit Hülfe der Karte die Wege verfolgen, welche die damaligen Seefahrer von Grönland nach Amerika einschlugen; damit wir uns möglichst klar werden über die Bezeichnung und Lage von Helluland, Markland und Vinland und legen wir dabei hauptsächlich die Berichte Leifs und Thorfinns als der ausführlichsten zu Grunde. — Was den Bericht des zuerst an die Küste Amerikas verschlagenen Bjarne anlangt, so möchte ich demselben kein besonderes Gewicht beilegen, da derselbe nirgends landete, nur aus der Entfernung von seinem Schiffe aus, also ohne Zweifel mangelhaft beobachtete. Das Land, welches er zuerst sah, war wohl eine Gegend zwischen dem 40. und 42. Grad nördlicher Breite; er segelte dann an der Küste entlang an Neu Schottland vorbei, gelangte nach Neu Fundland und auch hier die Küste verfolgend, traf ihn ein reißender Südweststurm, durch welchen er innerhalb 4 Tagen an die Küste Grönlands geworfen wurde; Labrador hat er wohl kaum gesehen. Leif, der die erste Reise unter=

nahm und den Ländern Namen beilegte, baute sich Häuser in Vinland und diese wurden später das Ziel aller Reisen.— Diese Häuser, Leifsbudirs genannt, lagen, wie schon früher bemerkt, in der Nähe des Meeres, an einer Stelle, wo ein Fluß, nachdem er durch einen See gegangen, sich in das Meer ergoß. Eine Insel war östlich vor dem Lande gelegen und die Sonne ging an dem kürzesten Tage um 7½ Uhr auf und um 4½ Uhr unter. Aus letzterer Angabe läßt sich die geographische Breite auf 41 Grad 24' bestimmen, und hierauf gestützt, erkennen wir aus der detaillirten Beschreibung fast mit Sicherheit die Gegend gegenüber der Insel Marthas Vineyard, wo der Taunton, durch die Narraganset Bay fließend, in der Mounthope Bay endigt; unsomehr, da nach der Angabe etwas nordöstlich ein Cap lag, welches Leif Kjalarnes, schiffskielartig, nannte und in dem wir Cap Cod erkennen, welches die Gestalt eines Schiffsschnabels der Vorzeit hat. Wir können sonach über die Bezeichnung Vinland (Weinland) nicht im Zweifel sein. Es wurde darunter der nördlichere Theil der Vereinigten Staaten verstanden, etwa jene Gegend welche jetzt die Staaten Massachusetts, Rhode Island, Connecticut und New York einnehmen, wo man auch noch heut wilden Wein in Menge findet.— Ebenso wenig zweifelhaft ist für uns die Bezeichnung Markland (Waldland). Dasselbe lag nach den Angaben 2 Tagereisen, also 54—60 Seemeilen nordöstlich von Vinland, kann also nur das mit reichem Wald bestandene jetzige Neu-Schottland gewesen sein.—Etwas anders verhält es sich mit Helluland (Steinplattenland). Halten wir uns nur an die angegebene Richtung der späteren Fahrten, so kann unter Helluland nur Neu Fundland verstanden sein, doch paßt die Beschreibung des Landes weit mehr auf Labrador, und Leif, der von Grönland aus südwestlich steuerte, stieß ohne Zweifel auf Labrador, fand das Land öde, mit Schnee, Gletschern und großen Steinen bedeckt und nannte es infolge dessen Helluland, Steinland. Er fuhr dann in das offene Meer hinaus und kam—in welcher Zeit ist nicht angegeben—nach Markland, also nach Neu Schottland. Später, als man mit der Fahrt mehr vertraut war, kürzte man den Weg wohl dadurch ab, daß man mehr südlich hielt und also ohne Labrador zu berühren, nach Neu Fundland kam, welches man für die südlichste Spitze des von Leif Helluland genannten Landes hielt. Der Name paßte zwar für diesen Theil des Landes nicht, indeß er war einmal da; erst als Neu Fundland als Insel erkannt wurde, unterschied man zwischen Helluland it mikla (das große Helluland) und litla Helluland (klein Helluland). —Wir sind deshalb wohl genöthigt, unter dem Helluland der Alten die ganze östliche Küste von Labrador und Neu Fundland zu verstehen, wenngleich der Name ursprünglich nur Labrador beigelegt wurde. Wo jedoch später von Helluland die Rede ist, bezieht sich der Name unzweifelhaft nur auf Neu Fundland; da man bei der Fahrt von Grönland aus wohl nicht mehr nach Labrador, sondern über Neu Fundland nach Vinland gelangte.—

Wir haben gesehen, daß in der Mitte des 14. Jahrhunderts noch eine Verbindung zwischen Island und Amerika bestand. Das Andenken an dies Land erlosch aber nicht mit den Fahrten dorthin, es dauerte Jahrhunderte lang fort unter dem Volke, und die Gelehrten kannten die alten Handschriften, welche über jene Reisen berichteten, und so ist es wohl kaum zweifelhaft, daß Columbus, der Ende Februar 1477 von England aus Island besuchte und durch Gespräche, welche er in lateinischer Sprache mit dortigen Geistlichen und Gelehrten führte, von jenem südwestlich gelegenen Lande hörte und dies dazu beitrug, ihn zu seiner großen Entdeckungsreise zu veranlassen, welche uns das einst so wohl bekannte Land aufs Neue erschloß.—

Druckerei des „Herold."